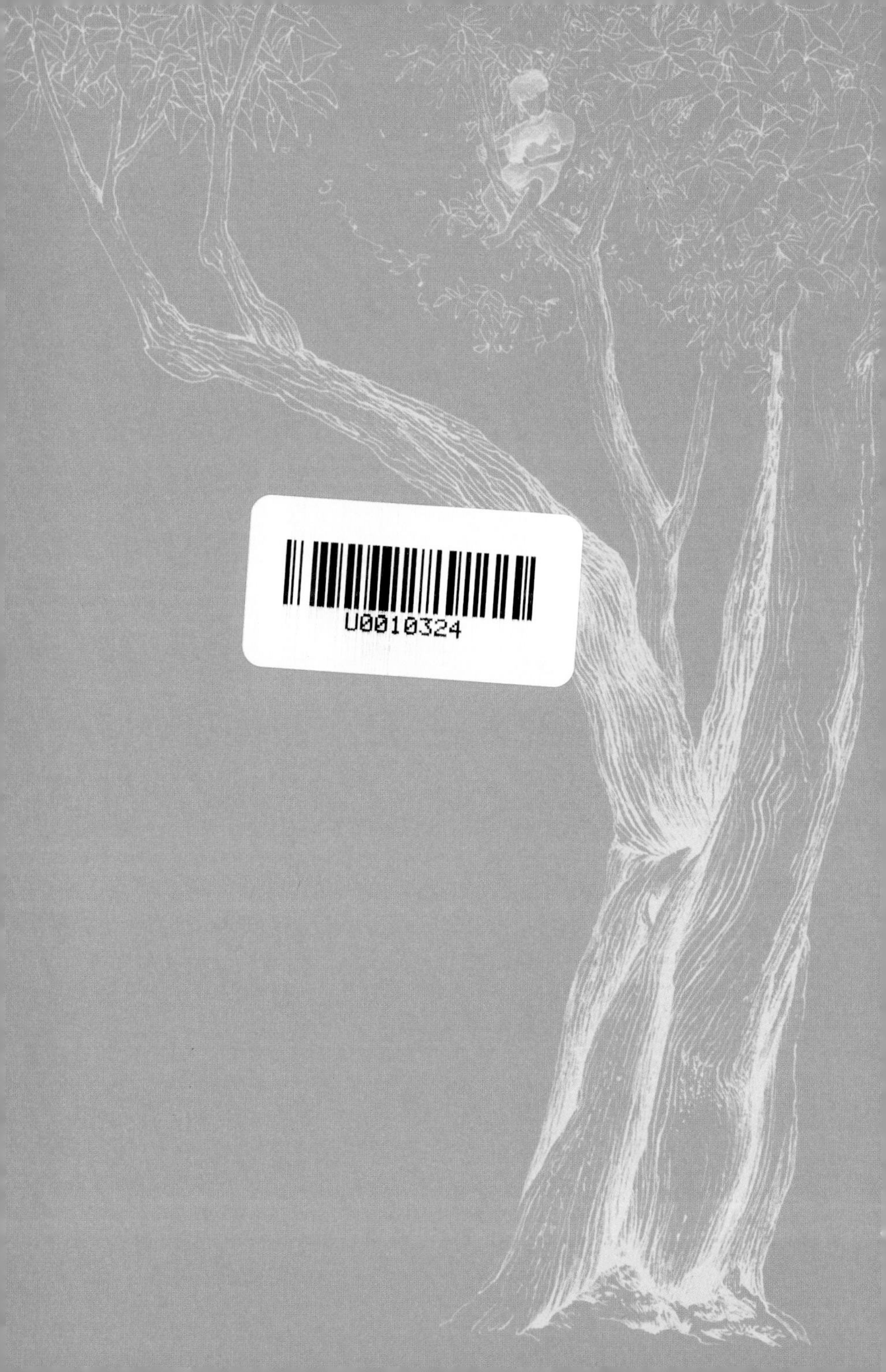

Historia de Mix,de Max y de Mex

小米、小麥與小墨

擁有希臘雕像般側臉的貓咪小米，
結交了一位好友，讓好友帶他領略窗外美好風景…

路易斯．賽普維達 (Luis Sepúlveda)／著
馮丞云／譯
徐存瑩／繪

晨星出版

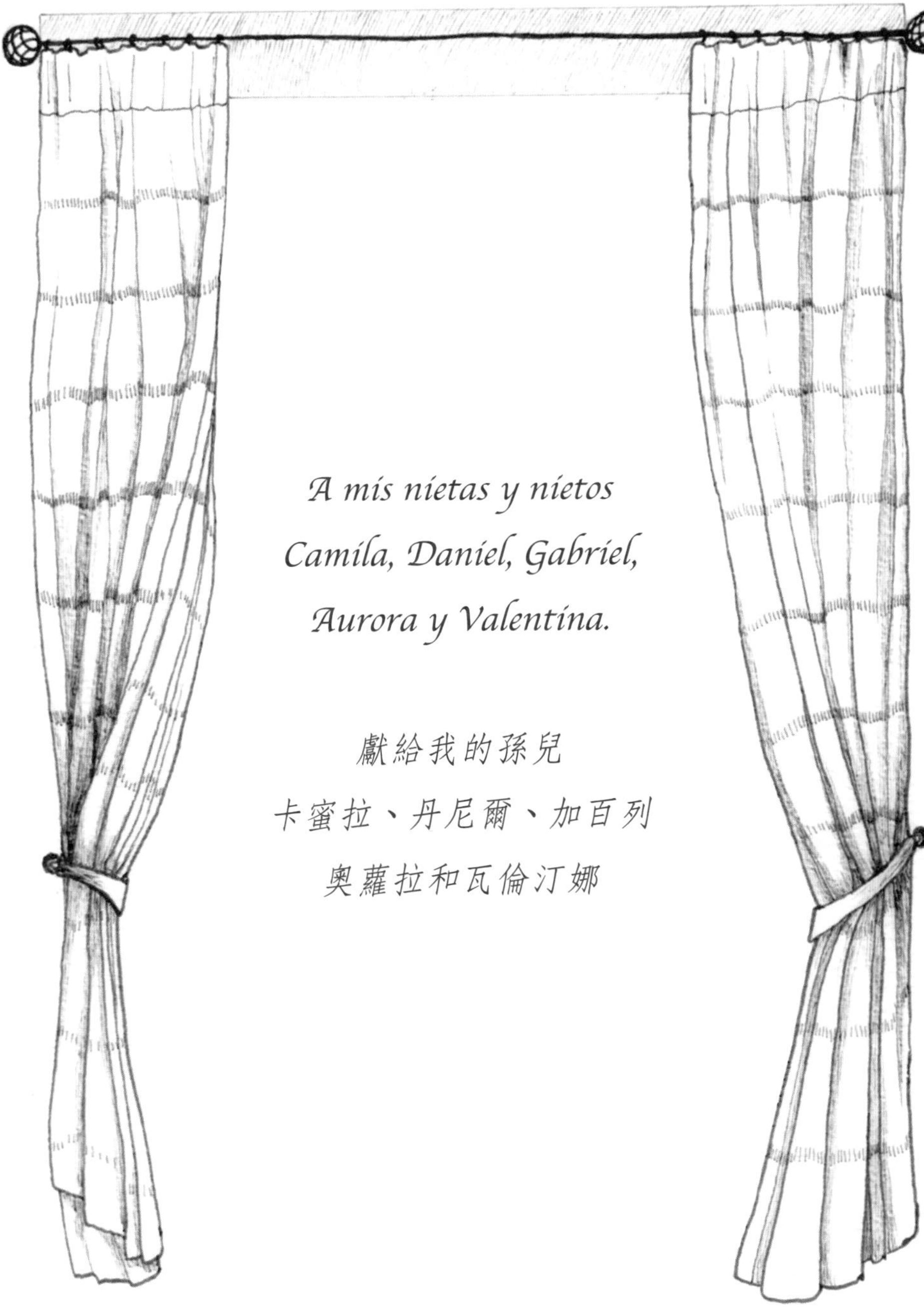

A mis nietas y nietos
Camila, Daniel, Gabriel,
Aurora y Valentina.

獻給我的孫兒
卡蜜拉、丹尼爾、加百列
奧蘿拉和瓦倫汀娜

關於本書的幾件事

我向來喜歡貓。我喜歡各種動物，但我跟貓之間有一種特別的連結。我不相信那些號稱能預見未來的人，因爲我明白，所有人都應該爲自己的命運負責，而命運總是充滿各種驚喜；話雖如此，但當我多年前遇到一位中國占星師時，仍讓他替我排了星盤。他先問我的生辰和出生地，接著拿出一張奇特的地圖，圖面上滿是神祕符號。接著他沉思一番，最後終於開口：「在你過去的某一世裡曾是隻幸福的貓，你在那一世裡，是一位朝廷命官最鍾愛的貓。」

聽聞自己跟古代的中國有關，而且還是朝廷命官最鍾愛的貓，我得承認我還挺開心的。占星師送我三尊小小的青銅貓像，是三隻圓滾滾的肥貓，每隻貓後面都有個小洞。「千萬別讓牠們挨餓了」，占星師交代完，就結束了我們的會面。

從那時起我便一直乖乖照做。每隔一段時間，我就會往小洞裡放一小顆貓食，覺得這樣一來，就能維持我與貓咪的美好關係。

我喜歡貓咪神祕、衿持又獨立的樣子。我兒子小麥在慕尼黑動物保育協會收養了一隻貓，取名爲小米。我第一次見到小米的時候，牠小小的身體還沒有我一隻手大，但那衿持尊貴的樣子可眞令我印象深刻。小米長大後依然令我驚嘆，因爲牠的臉和其他貓不一樣。小米的側臉有著希臘風格的輪廓線條[1]，往往引來眾人側目。

1 希臘式的側臉輪廓，鼻樑從前額直線延伸，角度稍微傾斜，多見於典型的希臘雕像，少見於眞人身上。

在接下來的故事裡，各位會看到小米的奇特命運。要是換成其他動物，恐怕就是一生的艱苦磨難，但小米卻經常發出代表好心情的呼嚕聲。當牠跟其他貓咪一樣，帶著貓科動物特有的神祕氛圍離我們而去時，我們心目中的小米，總是一臉幸福的樣子。

我常常問牠：「你在想什麼啊，小米？」

牠當然沒有回應，這篇故事就是想回答當初的那個問題，替沉默的貓咪小米發聲。

路易斯・塞普維達

2012年夏末寫於希洪

第一章

小米是小麥的貓，或者也可以說小麥是小米的人類。生命教導我們一件事，如果說某人是另一個人或另一隻動物的主人，是很不公平的；所以這是小麥和小米，或者小米跟小麥，他們彼此相愛的故事。

小麥和小米，或者小米跟小麥住在慕尼黑的一棟房子裡，房子所在的那條街上，沿路種植許多高大的栗樹。栗樹不止長得好看，在夏天還有大片樹蔭供人乘涼，總是爲小米帶來許多樂趣，令小麥憂心忡忡。

在小米還很小的時候，有一天牠趁小麥和他兄弟姊妹不注意時跑到街上。小米覺得外面的世界在呼喚牠展開冒險，於是牠便爬到栗樹最高的枝椏上。可是等牠爬上去以後，才發現下來比上去難得多，只好緊緊攀著樹枝，大聲喵喵叫求助。

小麥那時候年紀也很小，他爬上樹想帶小米下來，但他爬到最高的樹枝上往下一看，發現實在太高了，小麥自己心裡也害怕得不敢爬下去。

有鄰居打電話給消防隊，一群消防員開著載有階梯的大紅卡車抵達現場。小麥的兄弟姊妹、幾位鄰居和郵差在樹下大喊：「小麥，你別動！」和「小米，別動！」

在爬雲梯上樹之前，戴著閃亮頭盔的消防隊長問，究竟哪一個是小麥，哪一個是小米。

在此同時，小麥在最高的樹枝上緊抱著小米跟牠說：「我們這次惹出大麻煩了，小米。你要先在比較低的樹枝練習爬樹、下樹，答應我，在你學會以前，不要再爬到這麼高的樹枝上了。」

小麥在栗樹最高的枝椏上說了這番話，因爲小米是他的朋友，朋友會互相扶持、彼此教導、一起承擔是非。

他們兩個一回到地面上，就聽到消防隊長的諄諄教誨。全身沾滿栗樹花粉的兩人，趕緊灰頭土臉地回家。

第二章

小米長大了。牠先是長成黑背白胸的漂亮年輕公貓，後來又長成強壯有力的成貓。

小麥也長大了，少年小麥每天早上都騎自行車上學，但他出門前，一定會清理小米的貓砂盆，在貓碗裡裝滿小米最喜歡的魚肉口味飼料。

小麥照顧著小米，小米看顧著櫥櫃，不讓老鼠接近裝有巧克力玉米片的盒子，因爲那是小麥最喜歡的口味

雖然家裡沒有老鼠，但小米仍舊開心地承擔起櫥櫃守護者的角色，因爲小麥是牠的朋友，朋友會守護彼此歡樂的泉源。

有天下午，小麥的同學提到小米的臉時說了個陌生的詞，等

同學離開後，小麥翻開字典「ㄌ」的部分查「輪廓」，查到字典裡有好幾張古代畫作的圖片，看得他很開心。他叫來小米，把牠抱到桌上，翻字典給牠看。

「小米，你看，我朋友說的對，你的側臉有希臘風格的輪廓。」沒錯，小米是一隻側臉輪廓很明顯的貓咪，這種輪廓襯得牠的黃眼睛更大了。

有時候小麥會拿古希臘主題的書給小米看，告訴牠關於阿格曼儂、阿基里斯、尤利西斯和梅內勞斯的故事。這些人的側臉都跟小米很像。

有時候當小麥在叫小米，但小米沒有回應的時候，他會跑到

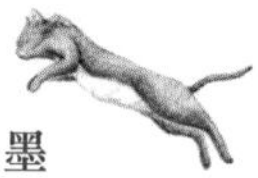

街上問報攤小販或郵差：「你有看到一隻黑背白胸的大貓嗎？」

「是側臉很希臘的貓嗎？有啊，我看到牠爬上一棵栗樹，接著跳到屋頂上。那隻希臘臉貓身手很靈巧啊。」

然後小麥就安心了，因爲他知道，等小米想回家的時候牠就會回來，而且小米在屋頂上漫步的時候，能夠享受牠身爲貓咪的自由。朋友們一定會守護彼此的自由。

第三章

貓的時間跟人的時間不一樣。隨著時光流逝，小麥慢慢成爲懷抱夢想與計畫的青年。小米也長大了，但牠長得更快，成了一隻老貓。

小麥覺得，沒有哪隻鳥是生下來就會飛的，但總有一天，翱翔天空的夢想會大過摔落地面的恐懼，那時候，生命自然會教鳥兒展開雙翅飛上天空。因此當小麥滿十八歲時，他決定離家獨立。他在父母的幫助下租了間小公寓，新家座落在一條安靜的街道上，路旁種滿了行道樹。

「現在這裡就是我們的家了，小米。我大概有時候會心情不好，會想爸媽、想我的兄弟姊妹。但是我還有你，我知道自己不孤單。」小麥邊打開新家大門邊說。

新家位在一棟五層樓公寓的頂樓，小米很快就習慣了這裡。牠常常坐在窗台上，全神貫注地看著玻璃窗外發生的一切。

小麥知道小米需要露天的活動空間，所以他在浴室天花板上開了扇暗門，又放了把梯子，這樣貓咪就能到外面去散散步了。朋友會瞭解彼此的需求並互相幫助。

小米每天都會到自家屋頂上探險，等牠回家後，會蹭著小麥的腿邊撒嬌，發出表達謝意的呼嚕聲。他們分享這小小的空間，當小麥鑽研書中神祕的數學、化學和物理時，小米會窩在他的腳邊，靜靜地回想今天爬了幾棵樹、有幾隻鳥一看到自己就嚇得飛

走、把自己淋得一身濕的那場雨，或者四隻腳底下鬆軟的雪。眞正的朋友也該能共享寧靜時光。

當白雪覆蓋整座城市時，小麥正認眞地讀書。他讀得全神貫注，沒有心思分神看看春天樹梢探出頭的新綠。

他在讀書時打開窗戶，好讓陽光灑滿整間屋子；

當白晝愈來愈短，天光變成屬於冬天的鐵灰色時，小麥依然在讀書。他的計畫與夢想能否實現，取決於他夠不夠努力，所以小麥全心投入學習，想瞭解事物的原理和進一步改善的方法。

小米慢慢放棄了屋頂探險的樂趣，牠心想大概因爲是冬天，所以光線不足，讓家裡的物品都籠罩在一片朦朧的霧裡。

第四章

在冬日的某一天，有人敲門，小米一如往常地搶先走近門邊，想看看來人是誰。小麥看著牠經過走廊；走廊上平常不會放東西的地方，現在放了一箱他打算拿去圖書館還的書。他看著小米撞上箱子，心痛得無以復加。

那天小麥無暇招呼訪客，他抱著小米直奔獸醫。檢查的結果很殘忍、很令人心痛，而且出乎他的意料。小米失明了。

從那天起，家裡所有的東西都擺在原本該放的位置。如果有人移動了椅子，用完後必須把椅子依照原樣物歸原處；家裡的門也絕對不會關上，好讓小米可以自在地走動。眞正的朋友總是會彼此照顧。

失明的希臘臉貓小米，再也不會爬著樓梯穿過天花板上的暗門了；雖然失明後，小米動作比以前慢，不過牠依然能夠在公寓裡四處走動。靠著嗅覺和貓咪優秀的記憶力，小米還是能夠毫無障礙地找到貓砂盆，找到裝飼料的貓碗。

小米挨著小麥的腳旁臥著，聽見身邊傳來小麥手指滑過書頁翻書的聲音。牠認眞聽著小麥一遍又一遍地朗誦文章，直到背起來爲止。小米的聽覺愈來愈靈敏，能分辨出原子筆和鉛筆寫字的差別。隔壁公寓住了個學音樂的學生，每當小米聽到他低喃「看看我巴哈彈得怎麼樣吧」的時候，總會感到特別幸福，因爲接著就會有小提琴聲伴小米入睡，牠眼前的一片漆黑，也會變成幸福

的色彩。

牠的聽覺好到能聽到樓下其他居民的聲音；有個男人說不喜歡吃乳瑪琳，女人回答說奶油太貴了；有人抱怨自己被刮鬍刀刮傷皮膚。有一天，小米聽到二樓鄰居抱怨小孩粗心，讓墨西哥老鼠全都跑光了，這事吸引了牠的注意。

「墨西哥老鼠長什麼樣子呢？」小米自問，不過牠也不太在意這件事，因爲飼料從盒子裡倒出來的聲音太吸引人了，牠立刻朝廚房前進。

第五章

有一天，小米感覺小麥的手輕撫著自己背後。聽到小麥說必須前往一座有點遠的城市，所以已經幫牠倒好一整碗飼料，隔天就會回來。

小米呼嚕呼嚕的回應。牠知道小麥要去參加一場工作面試。前一天晚上小麥在摸牠肚皮的時候，提到有好幾家公司提供他工作機會，他要選一家最好的去上班。

「小米啊，要是一切順利的話，我們很快就能租一間更大的公寓了，到時候你就有更多活動空間囉。你覺得怎麼樣啊，小米？你想要更多自己的空間嗎？」

小米伸了伸懶腰當作回應。真正的朋友會分享彼此的夢想和希望。

小麥把門關上後，整間屋子陷入一片沉默，令小米聯想到記憶中秋天的濃霧，從屋頂上往下看，只見濃霧籠罩著一切，街道消失在霧靄間，栗樹的樹冠彷彿是漂浮在灰色海面上的孤島。

小米在暖氣邊挑了個舒服的位子趴下，找到最自在的姿勢後閉上眼睛。只要閉上雙眼，牠眼裡的迷霧就會跟著消失，此時小米會在無邊無際的記憶輪廓中，清楚地看到牠所珍視的點滴回憶。

小米從來沒有真的抓到鳥過，但牠還記得以前牠會開心地追著喜鵲，看牠們從遠方叼著閃亮的小東西一路飛回巢裡。也記得見到大群椋鳥展翅高飛的心情，空中的鳥群彷彿是千百個小黑點所構成的獨立個體。暖氣發出來的熱風將大遷徙的記憶帶到牠眼前，每年當鵝群從最寒冷的地方往南飛時，就代表冬天已然到來。

小米舒舒服服地待在暖氣邊享受過去的回憶，突然間，牠聽到一些微弱快速的腳步聲往這裡靠近，腳步聲停了一下，接著再度前進。

小米保持原來的姿勢但繃緊全身肌肉。牠閉著眼睛動了動耳朵和鬍鬚。靠過來的那個東西聞起來有紙的味道，就像小麥研讀的那些科學書籍一樣。

突然間，小米飛快地伸出前腳往前一拍，用肉球摸摸看腳掌下顫抖的小小身軀。那個小東西動來動去想逃走，但小米壓得對方動彈不得。

「你好啊，你是什麼奇怪的生物？」小米用貓咪、老鼠和其他住在天花板上的生物聽得懂的語言問道。

牠腳掌下有一隻弱小的老鼠，正徒勞無功地想擺脫身上的重擔。那老鼠雖然又小又虛弱無力，但聰明急智。老鼠開口回答前，很快地思考跟貓有關的事物，挖出腦中所有應該會令貓厭惡的東西。

「貓大人啊，我是隻鼻涕蟲。事實上，我是個長相噁心又渾身濕答答的鼻涕蟲，我是隻醜得噁心的蟲子，醜到我自己都不敢看鏡子，一看到自己的樣子我就害怕噁心。事實上，我真的很醜，醜得不得了，所以拜託你不要張開眼睛，看到一隻這麼醜的蟲子可能會讓你不舒服、沒有食慾、害你晚上做可怕的惡夢。我怎麼會長得這麼醜啊?!」

小米一掌繼續施力，伸出另一掌摸了摸老鼠的頭、小小的耳朵、背後和尾巴。

「長了耳朵、鬍鬚和尾巴的鼻涕蟲。我都不知道，鼻涕蟲竟然會長得那麼像老鼠，更不曉得鼻涕蟲還那麼多話。」

老鼠心想完蛋了，但又馬上想起自己躲在書架上最高的藏身

041　第五章

處時，好幾次看到小麥雙手扶額地看著散落一地的原子筆或紙張。接著大聲問是誰爬到他桌上，而希臘臉貓小米便會呼嚕呼嚕的走過來，肚子朝上躺在小麥腳邊，無言地承認自己是罪魁禍首，這個動作總會逗得小麥露出微笑，同時說道：「很好，小米，朋友間一定要說實話。」接著摸摸牠，或者幫牠多倒一份飼料。

「貓大人，事實上，被你發現了，我是老鼠，而且我敢保證我是隻很有趣的老鼠，不過味道不怎麼樣，很多東西都比我好吃。要是我跟你說實話、只說實話而且一點都不藏私的話……會有獎品嗎？」

小米回答前，先抬起腳掌放老鼠自由。

「我知道你是老鼠，而且我還知道你是住在書架上的老鼠。每天你從書架下來，爬到櫥櫃吃掉下來的玉米片時，我都聽得一清二楚。你知道我看不見，但是我可以用耳朵和鼻子來知道身邊發生的事。告訴我，你不怕我嗎？」

「事實上，我很害怕呀，貓大人，膽小如鼠說的就是我，我現在怕得全身發抖，但我餓得顧不上害怕了。我只是想確定你看不到，因爲廚房桌上有幾顆水果穀片，看起來很好吃、非常好吃、超級好吃的樣子，而我熱愛所有好吃的東西。這就是實話、一切的實話，除了實話沒有別的……我這麼誠懇，可以得到獎品嗎？」

「可以，但你要先告訴我，你長什麼樣子。」

於是老鼠便開始描述自己，說牠的皮膚是淺咖啡色的，身上從脖子到屁股有一條白線，還說牠鬍鬚很短，尾巴細細的，鼻子是粉紅色的。

「事實上，我可以說是隻帥氣的老鼠啊，貓大人，又帥、又軟，又溫和。我是隻墨西哥老鼠，原本跟我兄弟姊妹一起住在樓下，被人關在玻璃箱裡，過著悲慘的寵物鼠生活，但有一天我們逃出來了，我的兄弟姊妹往街上跑，而我決定往上跑，來到你的公寓，我真的不想打擾你的。我很聰明，我一定是你見過最聰明的老鼠，我知道很多事情，而且我也很樂意跟你分享，只要你願意讓我吃那幾顆水果穀片的話，穀片看起來好好吃、很好吃、超級好吃的樣子……」

「好吧，老鼠。享受那幾顆水果穀片吧，但你的嘴巴用來吃東西就好。」小米說，接著聽到老鼠小步快跑直奔廚房而去。

第六章

隔天，小麥回來前，小米聽到老鼠從書架爬下來的聲音，聽著牠走近暖氣旁小米臥著的位置。

「你今天不講話了嗎，老鼠？」小米問道。

「事實上，我現在保持沉默，用兩條後腿站立扭動著鬍鬚，因爲我覺得悲傷啊，貓大人，很悲傷，我是全世界最悲傷的老鼠。噢，多麼悲傷啊！你想知道令我覺得悲傷的原因嗎？先跟你說一下，有兩個原因。」

「我覺得就算我不問，你也會告訴我。」

「事實上，就是這樣沒錯。令我悲傷的第一個原因是我沒有名字，你叫小米，養你的那個年輕人類叫小麥，但是我沒有名字，我只不過是一隻老鼠，要是你大喊『老鼠』，成千上萬隻老鼠都會覺得你是在叫牠們，而不是在跟我講話。我想要一個名字！」

小米沒有睜開眼睛，但牠心裡知道，這聲音細小尖銳的老鼠說得有道理。有時候，來找小麥的人看到牠會叫牠貓咪，對牠說「貓咪，過來」，但不管那人的聲音有多悅耳，聽起來都少了小麥呼喚牠名字時的溫暖。小麥只要喊一聲「小米」，牠就知道小麥在邀牠過來分享彼此的陪伴，共享快樂或寧靜的時光。

「你說過你是墨西哥老鼠，我想叫你小墨，你覺得怎麼樣，小墨？」小米提議道。

「這名字太棒了！事實上，我一直都希望有人叫我小墨。貓大人，你已經幫我處理掉一件悲傷的事了……我可以跟你說另一件傷心事了嗎？」

小米嘆著氣點了點頭，小墨因爲剛得到新名字而激動不已，滔滔不絕地說著空氣中有一股好好吃、好美味的香氣，從牠搆不著的地方飄過來。

「小墨，你要不要說重點？」小米建議道。

「事實上，我正要說呢！在廚房櫃子裡有一盒好好吃、特別好吃、超好吃的穀片，而且裡面還有各種莓果，聞起來就是很美味、超級美味、美味得不得了的水果穀片，但我吃不到，因爲那盒穀片放在櫥櫃最高的地方。聞起來眞的好好吃喔！唉，多麼悲哀啊！」小墨抱怨著。

「小墨，告訴我暖氣上面有什麼。」小米打斷牠。

小墨回答說有一扇窗戶，窗台上有兩盆翠綠的盆栽，窗玻璃外面就是街道。接著，小米要求老鼠爬到窗台上，告訴牠窗外的景色。

小墨照做了，開始跟小米形容外面的街道一片白茫茫，因爲前一天晚上下了雪；離房子最近的樹上有喜鵲的巢，樹枝雖然光禿禿的，但卻沒有淒涼蕭瑟的感覺，因爲氣溫低到樹枝上結了一層冰，看起來就像冰雕一樣。一名路過的男子在雪地留下深深的腳印，一名女子費力地拖著購物車走過，郵差的黃色腳踏車停在郵局門口，看來像一群孱弱的小獸。小米專注地聽著，新朋友尖銳的聲音，讓牠得以重新看見白雪皚皚的屋頂、從煙囪冒出來的煙，和緩慢開過積雪街道的車輛。老鼠將難忘的幸福帶到小米失明的雙眼前，當小墨說在很遠很遠的地方有兩座高塔，塔頂是兩顆大洋蔥的時候，小米知道牠指的是聖母教堂的穹頂，全慕尼黑的貓咪都想爬爬看那幾座塔樓。

「天上開始有雪花片片落下，看起來就像好吃、美味、讓人一口接一口的穀片。」小墨嘆著氣說。

「我們去櫥櫃那邊吧。」小米說。到了櫥櫃邊，小米就要小

墨告訴牠穀片盒子放在哪個層板上。

牠依照老鼠的指示，一跳跳到放著三層櫃的平台，牠聞到果籃裡有蘋果、橘子和胡桃的香味，小米伸長前腳去搆穀片盒，把盒子撥到地上。接著一躍而下，用一隻前腳穩住盒子，另一隻前腳伸進盒子裡，撥出一大把香脆穀片。

「事實上，這是全天下最好吃的穀片了，我相信沒有其他更美味的穀片了，實在好吃、超好吃，好吃得不得了。」老鼠不停地說，同時站立起來，兩隻前腳抱著穀片津津有味地啃著。

小米邊聽牠吃東西邊嘆氣。真正的朋友也會與彼此分享生命中的點滴幸福。

第七章

剛過中午小麥就回來了。小米先察覺到走廊上傳來小麥的腳步聲，接著聽到他開門、把鑰匙放在玄關桌上的收納盒。小麥脫下被雪沾濕的靴子時，小米能夠感受到他的呼吸。

「我好餓喔，小米！」小麥邊說邊往廚房走去，他看到地上的穀片盒時又補了一句：「啊哈，有人在櫥櫃這邊搗蛋囉。到底是誰幹的啊？我猜大概是長了張希臘臉的毛朋友吧。」

小米照例呼嚕呼嚕的走過來，肚子朝上躺在他腳邊撒嬌。

「小米，這樣很危險，」小麥摸著貓咪的肚子說，「但要是你喜歡穀片的話，那我每天就倒一點給你當點心。」小麥說。

小米覺得牠用自己的方式默默地說了實話，但牠隨即又感到難過，因爲那「實話」其實還是有所隱瞞，而朋友間絕對不能欺瞞彼此。

小麥看著他瞎眼的貓咪走到書架旁，接著坐下來，張著牠失明的雙眼朝書架頂端喵喵叫。

「你要書嗎？你要書幹什麼啊，小米？你又不會讀，而且……」

貓咪的回應是用兩條後腿站立起來，前腳巴著放在書架下層的書本，同時不斷用頭指向書架頂端，一邊喵喵叫。

「菲尼莫爾．庫柏，《最後的摩根戰士》。」小麥唸出書名，小米繼續喵喵叫。

小麥一本接一本地唸出書架最上層擺的書：傑克．倫敦，《白牙》；馬克．吐溫，《頑童歷險記》；塞爾瑪．拉格洛夫，《騎鵝歷險記》；米歇爾．恩德，《永不結束的故事》……當小麥靠近書架左邊的時候，小米叫得更甜美、更興奮了。

於是小麥伸手撫過厚厚的書脊，那本書是藍色的，是朱爾．凡爾納的《海底兩萬哩》。這時小米又挨著小麥腳邊躺下，肚子朝上發出呼嚕呼嚕聲；小麥把書拿下來，接著眨了好幾下眼睛才能確定眼前看到的景象。書架上有一個用碎紙片築起來的小窩，窩裡有一隻小小的淺褐色老鼠，正用兩隻前腳摀著眼睛。

小米呼嚕呼嚕的用身體磨蹭小麥的腿。

「唉呀，我們這裡有客人來了。我小時候，也一樣會遮住眼睛，好讓別人看不到我。你該不會想吃掉這隻可憐的老鼠吧？」小麥說，然後立刻回想起掉在廚房地上的穀片盒。「小米，穀片是給這隻老鼠的嗎？」

小麥小心翼翼地抓起渾身發抖的小老鼠，把牠放到地上，然後看著老鼠衝到貓咪身體底下躲起來。

「小米啊，我很高興你交了個新朋友。這樣你才不會孤單，因爲過兩天我還得出幾趟遠門。從現在起，我們就是三口之家了。」小麥說著，然後在小米的貓碗邊放下一個小盤，接著往貓碗裡倒了很多魚肉口味的貓飼料，又往小盤裡倒了一堆穀片。

第八章

當冬天結束，白晝變得愈來愈長的時候，小麥也找到他理想的工作。在他上班第一天，正準備開心地離家時，小麥先摸摸小米的背脊，又摸摸小墨小小的頭，接著才關門。

「朋友們，祝我好運吧。今天開始我要好好展現一下我的所學和能力。」小麥離開前說道。

小老鼠爬到窗台上，開始跟小米描述牠所看到的景象。

「事實上，我看到他把垃圾袋丟進垃圾子車裡，現在他在開腳踏車鎖，那台腳踏車最棒了，是超棒的腳踏車。然後他開始踩踏板，他踩得好用力喔！我們家小麥就是厲害！」小墨歡呼道。

小米想知道天色如何，街道上有什麼，還有前院的草地長得怎麼樣。

「天色很晴朗，天空裡沒有雲，街上有很多汽車和腳踏車，路上的人會彼此打招呼，草地上開始長出一些白色的小花，長得就像好吃的穀片一樣……」

小墨還說栗樹枝頭長出滿滿的新芽，不久就會變成翠綠的葉片，有三顆毛茸茸的小腦袋從喜鵲的巢裡探出來，再過幾個星期。牠們就要第一次飛出巢外，接著占領這片天空。

上午的時光就這麼平淡地過去。小米臥在牠最喜歡的地方，聽著站在窗台上的小墨描述窗外發生的一切。

快到中午的時候，牠們都被門邊傳來的腳步聲嚇了一跳。牠們先想到小麥，可能是他忘記什麼東西所以回家來拿。但小米說那不是小麥的腳步聲，小麥的腳步聲聽起來既沉穩又快樂。但門外的腳步聲不一樣，聽起來偷偷摸摸、鬼鬼祟祟的。門外傳來一串鑰匙碰撞的金屬音，又將牠們嚇了更大一跳。

「哎，好可怕喔！我說過膽小如鼠就是我，我是全世界最膽小的老鼠。」小墨尖叫著躲在貓咪的兩腳間。

「不管門外是什麼人，他都在試圖撬開我們家門。小墨，我們得想想辦法。我曾經聽人說過，有些人會闖入別人家，把東西給搬走。那些人是小偷。」小米指出。

「事實上，那就是想偷我們東西的小偷。太可怕了！我們一隻瞎眼貓跟一隻膽小的老鼠。到底該怎麼辦？」小墨邊問邊跟著小米走到門前，牠們聽到門外的人一直換鑰匙，想偷偷撬開門，聽著聽著牠們不覺全身一片冰涼，那種涼跟冬天的寒冷完全不一樣。

「小墨，我們得想點辦法！」小米又說道。牠們先用身體擋住門，大喊著很害怕、非常害怕的小墨，突然一路衝到茶几上，把電視遙控器推到桌子下面，接著牠又一邊大喊好可怕，一邊在按鍵上跳來跳去。

正當小偷試到可以開門的鑰匙，門鎖傳來「喀啦」一聲時，一陣悅耳的女性嗓音突然從電視裡傳出來，向觀眾問好，說春天

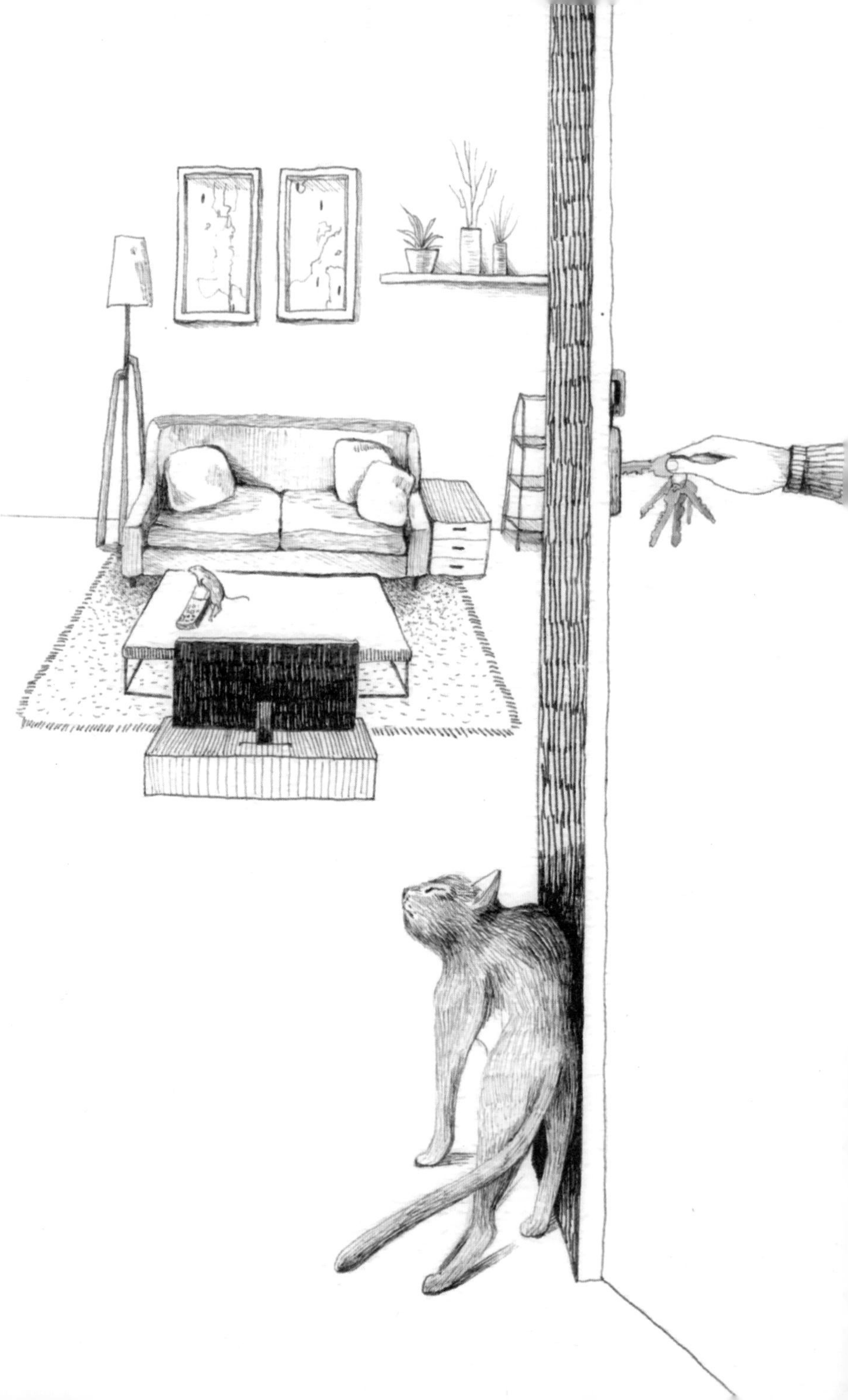

已經來到人間。

門外的小偷急忙逃走，小米在聽到小偷腳步聲遠離後才放鬆下來，不再用身體抵著門，接著叫來牠的朋友。

「太棒了，小墨。你眞聰明！我們騙過小偷了。」

當朋友團結起來的時候，就不會被別人打敗。

第九章

小麥自始至終都不知道，瞎眼的老貓，和背上有一道白紋的淺咖啡色小老鼠，曾經保衛過他們的家，成功把小偷給嚇跑了。

小米和小墨經常一會兒興奮一會兒膽怯地談起這場大冒險，不過小墨每次都要強調牠在那場行動中的貢獻。

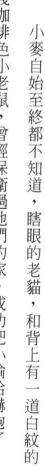

「事實上，小米，那時候我很害怕，非常害怕，因爲我應該有跟你說過，我就是一隻膽小的老鼠，但我也跟你講過我很聰明，非常聰明，噢！是的，我是最聰明的老鼠，而且只要想到小偷會來偷櫥櫃裡的東西，唉呀！那就糟糕了，太糟糕了，糟糕得不得了……」

小米早已習慣這位老鼠朋友講起話來囉哩囉唆的樣子，默默地任牠把同一件事講出上百種花樣。

這天，陽光普照，小墨突然想知道浴室裡的梯子是做什麼用的。

小米很有耐心地解釋著：那道梯子通往天花板上的暗門，如果門上鉸鏈有塗油的話，只要輕輕往上一推就能打開；也告訴小墨自己很久沒想起梯子和暗門了。小米說著說著，第一次感到失明限制了牠身爲貓咪熱愛自由的天性。

「事實上，我有個疑問，我只是問問而已，但你會不會希望我們兩個一起到屋頂上散個步？就走一下，一小下，一下下就好。散步最能促進食慾了。」小墨問道。

小米想起從前牠能輕易地爬上梯子，回憶著大口呼吸新鮮空氣時，感受到冬日的清冷和夏季的清新，都化爲流竄全身的喜悅。

「我上不去，我也不應該上去散步。我看不到應該在什麼地方落腳，雖然大家都說貓咪就算掉下來也能平安著地，但我覺得，從那麼高的地方掉下來也不是個好主意。我要是掉下去了你怎麼辦？你沒辦法自己開暗門回家啊。」

小墨站起來哀嘆著說，要是自己孤伶伶地留在屋頂，那就太倒楣了，倒楣得不得了，牠一定會變成全世界最不幸的老鼠；邊說邊激動地在貓咪黯淡的雙眼前揮舞兩隻前腳。

「事實上，要是那樣就太慘了，但是你很強壯啊，小米，而我看得很清楚，我的視力很棒的，比很棒還更棒，我視力超級好。你看不見的地方，我可以幫你看……」

聽到小墨的話，小米感到肌肉一緊，一股難以言喻的興奮之情橫掃全身，尾巴也熱切地搖了搖。

眞正的朋友會幫助彼此度過任何難關，所以小墨抓著小米脖子上的毛，跟牠一起爬上樓梯。牠們爬到最後一階時，小墨告訴貓咪牠們已經快要碰到暗門了。

小米用頭一推，牠一度認爲早已失去的喜悅，隨著新鮮的空氣一起回來了。

「小墨，跟我說你看到了什麼。」

「我看到一個好大的屋頂，比好大還更大，這一定是全世界最大的屋頂了。屋頂上有一些很高很高的管子，天上有一隻飛得很快的鳥，在空中留下兩道像棉花一樣的白線，但要是仔細看的話，不太像棉花，像兩道又白又甜的奶油。噢！事實上，就是那種好好吃、超好吃的奶油，那種小麥生日蛋糕上的奶油……」

這兩個好朋友在屋頂上探險。小米照著小墨的指示邁步，小墨用力抓著貓咪脖子上的毛，告訴牠哪裡有屋瓦的縫隙，距離屋頂邊緣有多遠，哪裡有積滿枯葉和灰塵的排水管。

「我們離邊緣很近了嗎，小墨？」

「噢，沒錯，事實上，我們離邊緣很近，下面就是垃圾子車。我們最好還是往後退一點吧，小米。」

對貓咪來說，屋頂就是一片充滿驚喜的無垠領域，因為風雨霜雪總會帶來各種新奇神祕的氣味。貓咪一到屋頂上，便會不自覺地放下隱密謹慎的樣貌，行動起來既敏捷又俐落，變得威風凜凜。

「小墨，要是我沒記錯的話，垃圾子車是放在巷子裡的，再過去一點還有另一個屋頂，對嗎。」

「事實上，再過去還有一個屋頂，更過去一點還有另一個、再一個……」

「你想飛嗎，小墨？」

「噢，想啊！飛耶，我一直想飛，想當全世界最會飛的老鼠，但是我們沒有翅膀啊……沒有翅膀眞是太令人傷心了！」

小米要小墨注意聽好，牠先叫小墨仔細觀察牠從鬍鬚到尾巴尖端的長度，然後要小墨告訴牠，另一個屋頂離牠們有幾個貓身的距離。小墨從貓咪的脖子上爬下來，又後退幾步好看得更清楚一點，接著照小米吩咐的算仔細。

「我覺得，要是我們找來六隻跟你一樣又大又強壯的貓，一個接一個地連起來，就能搭一座橋到另一個屋頂上。唉，眞可惜！這裡就只有你一隻貓啊，小米，我們還差五隻貓。」

失明的希臘臉貓小米小心翼翼地邁步，直到前腳踩到屋頂邊緣。牠伸出腳往空中探了探，然後踩著同樣精確的腳步退了回來。

「那現在呢，小墨，邊緣離我們有幾個貓身的距離？」

「兩個貓身，小米。事實上，從我們現在的位置到巷子，有你兩個身長的距離，但是要扣掉你的鬍鬚，因爲你走到邊緣的時候，鬍鬚已經在半空中了。」

「上來吧，朋友。抓好了。」

小老鼠在小米的脖子上就定位，雙手緊緊抓著貓咪耳朵後面的毛。小米用力甩了甩尾巴，感到久違的熱度席捲全身肌肉，牠幾乎是用爬的爬到屋頂和半空中的最邊邊，接著慢慢屈起後腿，然後匯集起一股力量，那股牠與老虎、獅子、美洲豹等大型貓科動物共有的力量。

牠讓這力量橫掃全身，接著伸展身體用力一躍，像箭一般直直飛了出去。

這趟飛行雖短，但小米能夠感受到拂過臉頰的風，以及前腳準備降落的優雅姿態。小米發現自己依然能從一個屋頂跳到另一個屋頂，跳躍後還能重新踩上結實的表面，心中感到強烈的自由和喜悅，便感謝小墨將雙眼借給牠。

第十章

小麥、小米和小墨在慕尼黑的那間公寓住了好幾年。有時騎著黃色腳踏車的郵差，在停車時偶然抬頭一看，會見到一隻希臘臉貓坐在屋頂邊緣，身旁有一個像絨毛玩具的小動物。偶爾週末市集上賣鬱金香的小販，在望天嘆氣時會看到一隻白胸黑背的貓飛躍在屋頂間，然後禁不住打個寒顫；那隻貓特別引人注目，因爲牠脖子上好像戴著淺咖啡色的奇怪裝飾品。在廣場的酒吧裡，一名身穿黑衣的煙囪清潔工一邊摘下帽子掛在一旁，一邊點了一品脫啤酒說道：「朋友們，我不曉得自己是不是看到什麼奇怪的東西了，但我好像在一戶人家的屋頂上，看到一隻希臘臉貓跟一隻老鼠一起看日落，最奇怪的是，那隻貓好像很專心地在聽老鼠講話。趕快把啤酒送上來吧，我這都辛苦一整天了。」

時間的長短不重要，因爲生命的意義不在長短，而在活得豐富與否，貓咪與老鼠共享的時光便是如此；在這段時間裡，小米透過小老鼠的眼睛看盡世界，小墨也透過貓咪的活力而學會勇敢。

一貓一鼠過得很幸福，因爲牠們知道，眞正的朋友會分享彼此最美好的事物。

作家——

路易斯・賽普維達（Luis Sepúlveda）

智利人，出生於1949年。

賽普維達，智利人，生於1949年。是著名暢銷書作家，其作品《教海鷗飛行的貓》（Historia de una gaviota y del gato que le enseñó a volar）已翻譯成四十多國語言，更於全球銷售逾五百萬冊。在台灣深獲全國教師與各界創作者之肯定。

賽普維達的名字常見於各大文學獎項之中，如西班牙文學殿堂的春天小說獎（Primavera de Novela Prize）、義大利塔歐米那文學獎（Taormina Prize），以及海明威文學獎（Hemingway Lignano Sabbiadoro Prize）等。

他早年積極參與學生運動，甚至是領袖之一。但礙於政變與後來智利的政權情勢，他不得已離開了家鄉智利。然而之後的逃亡生

涯，奠定了他日後琢磨文思的基石，他輾轉經過了阿根廷、烏拉圭、巴西、巴拉圭，最後倚靠朋友落腳於厄瓜多爾。

後來他掌管法蘭西聯盟劇院，並成立一間戲劇公司，同時參與聯合國教科文組織（UNESCO）的考察活動，研究殖民對舒阿爾印地安人（Shuar Indians）文化的衝擊。考察期間，他與舒阿爾印地安人一同生活了七個多月，他因而了解到拉丁美洲是由多元的文化組合而成，他所以爲的馬克思主義，並不適用於這樣一個仰賴自然環境生存的民族。

1982年，在成爲新聞記者之後一年，因緣際會之下，他接觸了綠色和平組織（Greenpeace），並登上其中一艘船隊，隨船工作了五年。而後仍持續致力友善環境的工作，並成爲綠色和平組織與各機構的橋樑。無論是與舒阿爾印地安人共同生活，抑或是參與綠色和平組織的活動，都對他日後的著作有著極大的影響與幫助。

在文壇，賽普維達素有「環保作家」的美名，其作品皆絲絲入扣於環境與人道議題，他善用動物的視角述說故事，拋開人類的思想軌跡，藉由動物的眼眸，爲我們道出一篇篇感動人心的寓言篇章。

路易斯．賽普維達作品

《教海鷗飛行的貓》

為愛振翅飛翔

海鷗肯嘉在臨死之前，將剛產下的海鷗蛋托付給大胖黑貓索爾巴斯。索爾巴斯許諾肯嘉三個請求——保證不吃海鷗蛋、保證撫養小海鷗、保證教會小海鷗飛翔。

爲了實踐諾言，索爾巴斯求助於祕書、萬事通、科隆奈羅等一干朋友。爲了保護小海鷗，索爾巴斯主動和老鼠談判；爲了教會小海鷗飛行，牠們翻閱百科全書，想盡一切辦法，甚至打破貓族的禁忌，和人類溝通。牠們同心協力，發揮了不同族群之間的愛，展現了智慧和勇氣，最後，在詩人的協助下，牠們完成了這個原本不可能實現的任務。

路易斯·賽普維達作品

《蝸牛爬慢慢》

一場蝸牛的遷徙之旅

一隻想要知道自己爲什麼動作總是慢吞吞的蝸牛，離開長久居住的舒適草地，在冒險中不僅找到屬於自己的名字，也發現了動作慢的好處；在家園面臨人類土地開發的威脅之際，勇敢地擔起責任警告蟻后、甲蟲和鼴鼠愈來愈逼近的危險，更帶領整個蝸牛族群開啓一段尋找新蒲公英國度的旅程。

路易斯·賽普維達作品

《忠犬人生》

與馬普切人為伍的忠實夥伴，
一隻名為阿夫茂的狗

名爲阿夫茂的德國牧羊犬，原是屬於大地之子的夥伴、朋友，但眼前的這些人將牠從馬普切人身邊奪走。如今，牠成了狗，成了被驅使追捕獵物的狗。

即便失去一切，阿夫茂總在夜晚的夢裡回憶起他親愛的馬普切家人，直到有天，這些溫卡（陌生人）決定去追捕一名馬普切人，他們派出阿夫茂追蹤他的蹤跡，而隨風吹來的味道，頻頻使阿夫茂想起那溫暖美好的一切……

路易斯·賽普維達作品

《白鯨莫查迪克》

大白鯨嗜血殺戮前傳

海洋中的巨人，數十年來神祕地存在於分隔兩片大陸的水域中。守護著海世界，也守護著陸地上的拉夫肯切。拉夫肯切與鯨魚間有一項神聖的協議，鯨魚世世代代地傳承著這樣的任務，直到波濤湧起，海面上再也不是只有鯨魚和拉夫肯切……

古老的協議將因這些不速之客遭受威脅。

捕鯨人妖魔化白鯨的故事我們都聽過，現在，換由大白鯨用海洋的語言，說給我們聽。

國家圖書館出版品預行編目資料

小米、小麥與小墨 / 路易斯・賽普維達（Luis Sepúlveda）
著；馮丞云譯；徐存瑩繪. -- 臺中市：晨星，2019.12
面； 公分. --（愛藏本；93）

譯自：Historia de Mix, de Max y de Mex

ISBN 978-986-443-941-6（平裝）

885.8159 108018511

愛藏本：93

小米、小麥與小墨

Historia de Mix, de Max y de Mex

作 者 | 路易斯・賽普維達（Luis Sepúlveda）
譯 者 | 馮丞云
繪 者 | 徐存瑩

責任編輯 | 呂曉婕
封面設計 | 伍迺儀
美術設計 | 黃偵瑜
文字校潤 | 呂曉婕、陳智杰

負 責 人 | 陳銘民
發 行 所 | 晨星出版有限公司
行政院新聞局局版台業字第 2500 號
總 經 銷 | 知己圖書股份有限公司
地 址 | 台北市 106 辛亥路一段 30 號 9 樓
TEL：02-23672044 / 23672047 FAX：02-23635741
台中市 407 工業 30 路 1 號
TEL：04-23595819 FAX：04-23595493
E-mail | service@morningstar.com.tw
晨星網路書店 | www.morningstar.com.tw
法律顧問 | 陳思成律師
郵政劃撥 | 15060393 知己圖書股份有限公司
讀者服務專線 | 04-2359-5819#230

印 刷 | 上好印刷股份有限公司

出版日期 | 2019 年 12 月 1 日
定 價 | 新台幣 199 元
ISBN 978-986-443-941-6

愛藏本

親愛的讀者，您好：

感謝您對晨星出版愛藏本叢書的支持。在數位充斥的時代，能有您捧上這一本書細細品味，小編感到萬分榮幸。若小編能獲得您對此書的感想與建議，將會更能為讀者編著更多好書。填寫以下資訊，將能不定期獲得晨星出版最新資訊。（♥號為必填）

♥購買的書是：小米、小麥與小墨

♥您的大名：＿＿＿＿＿＿＿＿　♥生日：西元＿＿＿＿年＿＿月＿＿日

♥收件地址：□□□＿＿＿＿＿縣／市＿＿＿＿＿鄉／鎮／市／區

＿＿＿＿＿街／路＿＿巷＿＿弄＿＿號＿＿樓之＿＿室

♥聯繫電話：＿＿＿＿＿＿＿＿＿＿（寄掛號函件時需要）

♥e-mail：＿＿＿＿＿＿＿＿＿＿（將會寄送最新資訊電子報）

請問您是如何取得這本書的呢？

□書店購買，店名：＿＿＿＿＿＿　□網路書局購買：＿＿＿＿＿＿

□學校／圖書館／朋友借閱　□親朋好友贈與　□其他：＿＿＿＿＿＿

是什麼吸引您拿起這本書閱讀呢？

□書名　□封面設計　□封面繪圖　□故事主題　□封底簡介

□價格　□封面材質　□其他：＿＿＿＿＿＿＿＿＿＿

小米、小麥與小墨，貓咪、人類與老鼠之間的友誼故事是否只存在故事中呢？

若有希望分享給我們的真實事蹟，歡迎寫下來：

請黏貼 8 元郵票

407 台中市工業區30路1號

晨星出版有限公司

TEL：（04）23595820 FAX：（04）23550581

e-mail：service@morningstar.com.tw

http://www.morningstar.com.tw

愛藏本

請延虛線摺下裝訂，謝謝！

小米、小麥與小墨

填寫線上回函，立刻享有
晨星網路書店50元購書金